塘火不灭

罗良伟 —著

国际文化出版公司
·北京·

图书在版编目（CIP）数据

塘火不灭 / 罗良伟著. —北京：国际文化出版公
司，2022.8
ISBN 978-7-5125-1426-3

I.①塘… II.①罗… III.①诗集-中国-当代
IV.① I227

中国版本图书馆 CIP 数据核字（2022）第 111830 号

塘火不灭

作　　者	罗良伟	
责任编辑	侯娟雅	
出版发行	国际文化出版公司	
经　　销	全国新华书店	
印　　刷	天津中印联印务有限公司	
开　　本	880 毫米 ×1230 毫米	32 开
	7 印张	106 千字
版　　次	2022 年 8 月第 1 版	
	2022 年 8 月第 1 次印刷	
书　　号	ISBN 978-7-5125-1426-3	
定　　价	58.00 元	

国际文化出版公司
北京朝阳区东土城路乙 9 号　　　　邮编：100013
总编室：（010）64270995　　　传真：（010）64270995
销售热线：（010）64271187
传真：（010）64271187-800
E-mail：icpc@95777.sina.net

前言

    不久前，一位研究哲学的朋友很是困惑地问我："诗人都被柏拉图驱逐出'理想国'了，你为什么还要写诗？"

    我愣了片刻后回答道："两千多年都过去了，我们从未见过柏拉图的'理想国'，所以我写诗。"

    诗歌是生命的表达，虽然不一定惬意。我想告诉我那位朋友的是：在有限的生命内，我会继续写下去……

罗良伟

于四川农业大学都江堰校区百花苑

2022年2月22日

目录

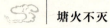

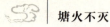

塘火不灭

彝族有一句谚语道

人啊——

生是一把火

死亦一塘火①

生和死都离不开火

对彝族人来说

火——

是希望

也是失望

承载着希望和失望

---

① 彝族人去世后进行火葬。

所以——

我的祖先

有塘火不灭的传统

因为他们相信

塘火不灭　希望就不灭

儿女歌

你说父亲的英雄结里

编织有朝代的兴衰

响彻着马蹄的声音

还有饱经风霜的深沉

和勇敢

你说母亲裙子的褶皱间

承载有历史的颜色

折射出一个王朝的光辉

还有历经沧桑的慈祥

和伟大

你说我们

在一片冰冷的荒野里

迷失了方向

丢失了自己

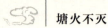

残缺的诗

昨夜　我听见你的哭声

你的哭声

化作我的泪滴　滴落

泪滴在风中

迷失了方向

昨夜　我的诗篇

有了开头

却迟迟没能结尾

你说我是大地上

被遗忘的词

你说我昨夜的那首诗

注定残缺

经书和马匹

褶皱遍布的纸张
字里行间的发黄
散发着古铜色的苍老
还有一份
黑色的忧伤
我是被埋葬的
经书和马匹

我的残编
被钉在了
历史的十字架上
辉煌和成就
注定沦为过去
我的断简
被遗落在
城市的熙熙攘攘里

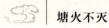

我是被埋葬的

经书和马匹

你苍白的脸

你落魄的魂

你为何丢了自己

你何时丢了自己

我是被埋葬的

经书和马匹

我是被封存的

经书和马匹

我为何不甘

我有何不甘

悔罪

古老的经书

被遗弃在了深山里

我们把教诲和叮咛

也一起遗弃在了深山里

我们的糊涂

我们的愚蠢

说教者和商贩

都沦为了跳梁小丑

和城市角落里的丑陋

有不可告人的勾当

酒桌上谈英雄

谁不是英雄

是的

我们是酒桌上的英雄

我们的狂妄

我们的丑陋

人殇

从梦中惊醒

突然发现自己

被深深淹没在了

茫茫人群中

站在人群的中央

我看见周围的人

都在用一张黑色的布匹

将双眼紧紧蒙蔽

然后——

我看见每个人

都在努力埋葬自己

站在人群的中央

我看不见自己

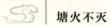

闭上双眼

无法欺骗自己

伸出双手

谁偷走了我那把

父亲留下的宝剑

文化小酌

你说对死亡的

领会　恐惧和逃避

构筑了我们

所有的文化

所以

文化的真正本质是

对死亡的抗拒和逃避

是谎言性质的

你说——

哪里有对死亡的

毫无畏惧

哪里就有

真正的文化和艺术

你说你很苦恼

因为文化创造了你

而你——

却不再能创造文化

夕阳下的老人

夕阳西下
寒风瑟瑟
惨淡的阳光洒满大地
一位白发苍苍的老人
行走在高山里的
林间小路上

老人步履蹒跚
望着远方
深深地叹了一口气后
在路旁的一棵大树下
在掉落的树叶上坐下
时而还有
零星的树叶跟随秋风
缓缓飘落

老人慢慢抬起头

凝视着苍穹

他忧郁的目光在寻找什么呢

老人慢慢低下头

向着远方的群山连绵望去

他惆怅的眼神在期待什么呢

在夕阳的惨淡里

老人脸上的皱纹格外忧愁

灵魂寻记

落叶归了根

我的灵魂却没有归来

索玛花谢了又开

我的灵魂却没有回来

江水枯了又涨

我的灵魂却没有飘来

我在高高的山冈上召唤你

我在浩瀚的大海中呼喊你

我在繁华的都市里寻找你

我的灵魂啊

你到底去了哪里

去了哪里

你为什么不肯归来

自画像

我是吉狄马加[①]笔下

剪不断脐带的女人的婴儿

每个深夜都在呼喊着

我不老的母亲的名字

我是不停穿梭于

城市的大街小巷

没有了天菩萨的男孩

没有了天菩萨

灵魂无处可依

我是少了一根肋骨

永远寂寞的男人

在每一个有月亮的夜晚

---

① 著名彝族诗人。

我都在呼喊着你的小名

哦！我的爱人

我是在酒杯中

被自己淹没的男人

总在酒后的半夜

起来写诗

抚慰我无处安放的灵魂

我是行走在林间小路上

满脸忧愁的老人

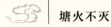
祖先的记忆

（一）

既然我还活着

我就不能欺骗自己

我写诗

只是为了证明

我没有欺骗自己

祖先的记忆

是一条长长的河流

我只取了一瓢

（二）

祖先的记忆

是一场大雪

一场红色的大雪

整整下了三天三夜

雪——

化作了有血族六支

无血族六支

世界从这里开始

祖先的记忆

是一场大雨

整整下了四天四夜

雨水汇成了一股

强大的洪流

淹没了整个世界

幸好还剩下一处峰巅

成为生命的摇篮

让生命得以延续

祖先的记忆

是六个太阳的热

太阳的热伤心了谁

祖先的记忆

是七个月亮的冷

月亮的冷伤心了谁

祖先的记忆

是英雄支格阿鲁

还有他的弓和箭

他用他的弓和箭

射掉了五个太阳

射掉了六个月亮

祖先的记忆

是一把火

一把为英雄点燃的火

一把希望的火

养育了生命

一把归祖的火

看护了灵魂

祖先的记忆

是一位位高贵的毕摩①

和他们卷帙浩繁的经书

还要那些关于他们的

传奇和故事

祖先的记忆

是一部长长的历史

记载着迁徙的漫长

噢　那些地名

噢　那些事件

祖先的记忆

是一串长长的名字

串有多少眼泪和伤痛

多少成就和欢笑

多少希望和失望

---

① 毕摩，彝族音译，是一种专门替人礼赞、祈祷、祭祀的祭师。

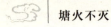

祖先的记忆

是一座巍峨的大山

我看见大山

正在远处渐渐隐去

祖先的记忆

是一条长长的河流

我看见河水

正在眼前流向无尽

岁月的痕迹

走在这条路上

看不见起点

也看不见终点

一路上

错觉和幻觉的交织

丢失了那

原初的方向

只留下左右的摇摆

在四季的轮回中

有祖先的声音在回荡

在昼夜的更替间

有我们的怀念在流淌

那山路的弯弯曲曲间

有我们留下的印记

和岁月脱落的颜色

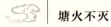

回不去的昨天

眼睛长在脑后
只看见过去
那是一条回不去的路
脚步如此沉重
忘记了诗和远方

我有一片海

我有一片海
一片由记忆的碎片
积成的海
泪水和汗水
是大海的颜色

有些碎片
在时间里慢慢淡去
沉入海底　休眠
当狂风暴雨袭来时
在风雨交加的清晨
将再度翻腾

有些碎片
漂浮海面

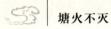

随波逐流

满载迷茫和失望

还有眼泪

做自己有多难

被撕裂的世界
被拔高的标准
你说我们成了
没有方向的存在
达不到的自我
遥不可及
做自己有多难

你说我们
再也回不去了
我们永远在路上
是没完成的作品
是完不成的作品
做自己到底有多难

难以为继

从遥远的天边

传来一首歌

一首古老而优美的歌

随着时间的流逝

歌声却越来越微弱

越来越微弱

有一幅画

一幅时间描成的画

曾被精心酝酿

随着时间的流逝

用笔却越来越粗糙

越来越粗糙

让人很难想象

还能延续多久

回不去

一路上

泼洒了多少眼泪和汗水

一路上

错过了多少风景和美丽

一路上

储藏了多少记忆和失忆

站在路的中央

向前　我看不见终点

向后　我望不见起点

是不是——

自从踏上这条路

就注定再也回不去了呢

时间静止的地方

你说——
我们拥有同一个世界

其实不然
我们每个人都有
自己的世界
我们的世界
不一样大呢

在时间静止的地方
你惊呼
我们的世界
什么也没有留下

世界居然存在过
我们居然存在过

原地踏步

再快快不过时间
再慢也慢不过时间
所以无所谓快慢
为何着急

不是吗
我们不是
未曾前进过一步吗
不是吗
我们不是
还在原地踏步吗
除了岁月的流逝

招魂夜语

一簇灵枝祭草

一位苏尼①

一只红色的公鸡

还有火塘旁的家庭主妇

不停哄着怀里哭泣的小孩

据说生病的孩子

是因为魂不附体

需要苏尼用《招魂经》②

唤回她的魂

熊熊燃烧的火塘

照耀着一双双期盼的眼睛

---

① 彝族传统社会里类似巫师的神职人员。

② 彝族经典文献之一。

苏尼昏昏欲睡地

念着《招魂经》

那般惨白

那般无力

孩子的魂听见了吗

我顿然觉悟

什么东西在这里悄然消逝

在魑魅魍魉的世界里

谁能召回我们的魂

丢失自己

抬头仰视

我看不见蓝天

眺望远方

我看不见明天

低头俯视

我看不见自己

我在人潮中

丢了自己

消逝

闭上眼
我被清晨的云雾缠绕
呼吸着空气的清新
还在梦境里沉醉

睁开眼
云雾怎么都跑到了
那遥远的天边
不敢也不愿相信
刚刚明明还在这里的

变异

在天与地之间

画一条白线

和一条黑线

两条线有交点

有平行　有重合

却从不互相取代

一个人

长了几个头

头与头之间

相互冲突　相互争吵

甚至还打架

却从未和解

眼睛长在脑后

只看见过去

看不见未来

尾巴长在头上

朝天生长

长得越长

离地越远

恍惚

你说我们是
未完成的作品
是的
我们注定是
完不成的作品
注定一直在路上
摇摇晃晃

你说我们是
不甘如此的存在
对自己的所是
总是不甘愿
我们不属于天空
却向远方的天空
招手不停
恍恍惚惚

堕落

远离大海
鱼儿没有了生命
远离森林
鸟儿没有了自由
远离草原
骏马没有了奔驰

远离阳光
生命开始枯萎
远离大地
灵魂即将堕落

远离意义

谁摧毁了

存在的地盘

被编码的世界

谁威胁着

存在的状况

被异化的存在

被淹没的个体

无法舒展的生命

在夹缝里求生存

言语开始颓变

已彻底沦为

混世的工具

丧失了去蔽的功能

也远离了意义

被遗弃

风来过
风已远去
你为何不随风来
不随风去

还继续跟时间较劲
不断蔓延的纠结
被扭曲的时间
那是跨越不了的鸿沟

我看见你的灵魂
被时间给暗杀
我看见你的头颅
被时间给遗弃

站在雨里
你欲哭　却无泪

谁的孤独

走在人群的中央

你却感觉一个人行走

不可诉状的孤独

你说你不需要同情

看　这些人

各说各话

永不停歇

你说他们

用自己的言说

逃避自己

逃避孤独

你将自己麻醉

以换取短暂的安静

却有黑暗

你看见

孤独藏在黑暗背后

虎视眈眈

行走悬崖边

驱散了迷雾蒙蒙

一团一团

揭开了神秘面纱

一层一层

穿过茂密森林

一片一片

然后　我发现

前面是赤裸裸的土地

我知道

在这片赤裸裸的土地上

赤裸裸地行走

只有勇气

远远不够

再往前

是深不见底的悬崖

走在悬崖边

就让我走在这悬崖边

没有退路

不要退路

我不再寻找

那最后的支点

因为我知道

那支点并不存在

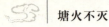

注定匆匆

路旁有美丽的港湾

你却来不及逗留

雨后的天空有彩虹

你却无暇顾及

你说此生

注定匆匆

你说我们

无数次的相遇

向左向右的方向

步伐匆匆

你说我们只是

陌生城市里的

匆匆过客

谁也来不及为谁停留

城市繁华的背后

却是灵魂的空洞

你说此生

注定错过

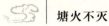
末路

你深信不疑地

从远方走来

走着　走着

却没有了路

你在没有路的地方

迷失了自己

你像一只无头苍蝇

在城市的大街小巷飘浮

你无依无靠

深陷一片深渊

被挟持的灵魂

谁能拯救

你努力把

思想埋藏在

物质世界的阴暗处

把身体支离破碎在

钟表的时针　分针和秒针里

不停转动

被蒙蔽的眼睛

朦朦胧胧的世界

不无蛮横

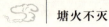

幽径

你的狭隘总是以自己
思维和视阈的强大习惯
顽固地将所有思想和想象
统统拒之门外
还加以肆意斥责

可是——
你那自称无缝的
自圆其说的理论
不也那般不堪一击吗
不也经不起一点点风雨吗

睁开你的眼睛吧
敞开你的胸怀吧
让所有的精神和现象

自由出行

在其中探寻幽径

那里有通往真理的路

这一路

曲曲折折的一路
看不清的方向
任路旁的风景
在时光中飞逝
回不去
回不去

明明只是
匆匆的过路者
却还摆出一副
终结者的姿态

摇摇晃晃的一路
到不了的终点
世界太脆弱
撑不起生命的意义

记忆

真真假假

挥不去

挥不去

看着路旁那

茂盛的丛林

你又激动不已

却不知为何

因为你忘了

生命的意义

在于涌动

拒绝召唤

夹缝里的静闲

回归自我的短暂

难能可贵的惬意

生命只剩下

支离破碎的紊乱

和没法完整的残缺

被绑架的生命

被编制的意义

被淹没的生命

被撕扯的灵魂

在被算计的世界里

以被设定的节奏

跳舞不停

继续迷失

拒绝召唤

语词之罪

你说语词

永远够不着存在

永远抓不住存在

因为语词

只是时间脱落的躯壳

在语词的源头处

有一片云雾缭绕的森林

那是一片

追问达不到的神秘

在这云雾弥漫的森林中

藏有这个世界所有的秘密

藏有灵魂所有的秘密

生命的底色

生命总在睁眼闭眼间消逝

人们却只顾算计不停

牵肠的得失

那是对生的贪念

那是对死的畏惧

生命注定短暂

当时候到来

我们都将死去

不可规避的事实

没有保留得彻底

在生生死死中轮回

没有目标　没有方向

那才是生命的底色

"我"的视阈

我们总是漂浮在
存在的表面

我们总是用"我"
和"我"的膨胀
堵死自己所有的
视线和通道
我们的视阈里都是"我"

如果我们彻底抛弃
这个"我"的视阈
我们还能剩下什么呢
这个挥之不去的"我"
又到底是什么呢

光的深渊

你说光

能驱散黑暗

城市的灯火通明

不就是为了

驱散黑暗吗

我不知道

如果这个世界

彻底没有了光

会是什么样子

但我知道

如果这个世界

只剩下了光

就会陷入一片

无底的深渊

过去

我看见时间
无时无刻不在眼前
一节一节
快速脱落

过去
那是解不开的谜团
对它
你说什么都可以
反正都无关紧要

你说我们是
未来朝向的存在
未来成就我们的本质
可是

对过去

你为何还如此这般

恋恋不舍

现在

你说我们都知道
只有现在
是真正属于我们的
所以要珍惜现在
要活在当下

你说我们却忘了
活在当下
也能而且经常沦为
堕落者们
掷地有声的借口

你说我们还忘了
现在
对每个人都有着
不同的意味

或者说现在
是有个体性的

你说因此
又或者因为
每个人都拥有
与众不同的
过去和未来

未来

你说我们是

未来朝向的存在

未来成就你我

你却不停感叹

未来何物

未来何在

你说生命之流

过于湍急

稍纵即逝

你甚至来不及

认真对待自己

认真思量明天

你说未来

是一场接力赛

需要有新手去

延续不断

或者未来只是

生命的交替形式

没有生命

就不会有未来

又或者

未来呈现为

时间河流中的

诸种可能性

你说我们的未来

不会是可能中最好的

期许不是最糟的一个

时间的躯壳

我们总想抓住瞬间
以为抓住了瞬间的双手
握住的却只是
瞬间脱落的躯壳
瞬间却早已逃之夭夭

本该在时间之中的我们
却为何落在了时间的后面
何时落在了时间的后面

你说这个世界
堆满了时间的躯壳
你说是的
我们的世界
只是时间的垃圾场

为何着急

一撇一捺
是人生

简简单单
是生活

坦坦荡荡
是境界

何必假装

生生死死
只在睁眼闭眼间

一缕青烟
或早或迟
为何着急

那一边

小时候
山有山的那一边
河有河的那一边
街有街的那一边

那一边听起来很近
却很远
挥不去的那一边
有隐不去的距离

渐渐地
发现自己的一半
也变成了
自己的那一边

这边与那边的界限

越来越模糊

这边与那边的距离

正在消失

时间的流逝

却越来越快

越来越快

上下

你——
上得再高
也高不过你的头
下得再深
也深不过你的脚

你说从头到脚
就是你最长的距离
那是无法跨越的距离

自己是自己
逃不脱的躯壳
里面却空无一物

存在的声音

你说有一种思想
驻于存在
有一种文化
忠于存在
有一种生活
诚于存在

你说
那是在场的纯粹
和投入
那是灵魂的还原
和净化
那是敞开的沉溺
和陶醉
那是存在的艺术
和道说

你说我们

需要静静倾听

存在的声音

解构主义

是谁在解构

毫无保留地拆散

再拆散

是谁在撕裂

彻彻底底地粉碎

再粉碎

谁对结构

总是不屑一顾

还深恶痛绝

是不是因为

任何建构

都是自我封闭

建构之后

你说世界那么大
有无法确定的界限
你说世界那么小
小得甚至装不下
你的小小心灵

你说你高贵的头颅
已无处安放

你的建构
为何总被是被粉碎
干脆将这世界焚烧
化为灰烬
然后躲在自己
心灵港湾的幽深处
寻找生命的真谛吧

昨天

被神话的昨天
留下无法还原的扭曲
和被精筛细选的故事

你说这是一个
含糊的世界
朦朦胧胧
所有的是是非非
都只能轻描淡写

你说昨天的影子
化作一条长长的尾巴
拖拽住你前行的步伐
步履变得万般艰难
前方那——
近在眼前的风景
却成了达不到的彼岸

距离说

有些距离看似很近

却很远

有些距离看似很远

却又很近

你说这是一个

没有距离的世界

没有了距离

所以没有了远方

你说空间距离的去除

换来的却是

心理距离的无比疏远

你说我们在这条路上

越走越远

走向了自己的反面

走向了生命的反面

生活世界

日子一天继一天
每天只是简单再现
一种乏味的重复
没有任何新的事物
不可能有新的事物

你说生命
也只是旧地重游
没有新的事物
不可能有新的事物
不值得再来一回

你在殷切地寻找
终极的意义
努力开启一片
充满灵性的大地

为此你却没有了头绪

迷失了方向

然后　在风中丢了自己

当苦难来袭

无法传递

无法分担

甚至无法表达

当苦难来袭

它要么夺走你的生命

要么铸就你的灵魂

如果你在生活中

遭遇苦难

不要胆怯

不要悲伤

不要退却

拒绝怜悯

然后说——

让苦难来得更猛烈些

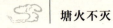

再猛烈些吧

如果夺不走你的姓名

它定成就你

赎罪

你把自己
清算了一遍又一遍
然后　决定给自己赎罪
可是　你何罪之有呢

你是不是也深感一种
与生俱来的原罪
所以要用肉体的痛苦
赎回灵魂的超度
可是
上帝已死
天国不再
你向谁赎罪
你能超度何方

你何罪之有

别再欺骗自己

站起来

告诉我你不是懦夫

尼采如是说

咒语

今夜
我在远方
在寂静的夜空下
听见你的诅咒

咒语越过山河
穿过黑夜
朝我袭来
我转过身
将咒语搁置一旁
丢在后面

我看见咒符开始脱落
咒语变得越来越苍白
越来越无力

一束强光

理性化作一束强光
颓变成纯粹的科技
强光照耀着世界的
里里外外
黑暗被驱散之后
只让世界变得更黑暗
越走越远的距离

灯火通明的城市
无比耀眼的光芒
世界如此明亮而苍白
越明亮越苍白

思的界限

如果我们是
自我朝向的存在
我们的思
就不可能超越自我

如果我们是
社会性的存在
我们的思
就不可能超越社会

如果我们是
历史性的存在
我们的思
就不可能超越历史

真正的客观认识
是达不到的彼岸

泡沫世界

随风飘舞的泡沫

把世界点缀成

五彩纷呈

美丽无比

伸开手

欲轻轻捧住

飘落的美丽

美丽却即刻消逝

一次又一次

俯下身

想轻轻拾起

落地的泡沫

两手却落得空空

一次又一次

我是谁

望着我的手

突然觉得好陌生

这陌生的手

怎么可能是我的呢

望着镜子里的自己

感觉好陌生

在这支离破碎的岁月里

我是谁

在这虚无缥缈的年代里

我是走近了自己

还是背弃了自己

我应该是谁

望着周围的面孔

一张张脸　一双双眼

这么陌生　他们是谁

我怎么会在这里

我不哭泣

有多少次

灵魂在无助中忧愁

有多少次

灵魂在深夜里哭泣

逃不脱的孤独

驱不走的虚无

还有多少寂寞要继续

还有多少忧愁要洋溢

站在阳光下

我不哭泣

我哭了

那一天

我哭了

因为我痛了

是谁让我如此疼痛

那一天

我哭了

因为我在人群里丢掉了自己

路在何方

那一天

我哭了

因为我醒了

醒来后的痛

来得更加剧烈

更加难以忍受

三滴泪

有一滴泪

飘向远方

翻山越岭

漂洋过海

没有终界

却有忧虑

有一滴泪

飘向过去

是是非非

真真假假

没见起点

却有悲伤

有一滴泪

飘向未来

隐隐约约

摇摇摆摆

没见终点

却有哭声

焚烧

给我一堆概念之柴
再给一桶技术之油
和一把理论之炬火

将油洒向柴堆
然后——
用理论之火炬
点燃柴堆

熊熊火焰
浓烟沸腾
烧毁了万物
也烧掉了我自己

在一阵乌烟之后
世界只剩下灰烬
荒凉而凄惨

灼烧

今日的太阳

只有炙热

灼烧着这座城市

还有我的窗户

和窗台上的几本书

今日的太阳

只有炙热

风藏了起来

不动丝毫

任灼烧继续

城市的烦躁和焦虑

还有轻浮的大众

在灼烧中

开始沸腾

结局

思　脱离了在

漫天飞舞

还好高骛远

说　已摆脱现实

道听途说

还胡编乱造

你说我们注定是

形而上的存在

你说思的真实和真实的思

只在最丰满的年代闪现过

那是天和地分开的瞬间

注定短暂

你说天地人神共在的
诗意地栖居
那不是谎言
就是阴谋

你说是的
这是一条铺设好的路
是一条不归路

概念批判

你说你痛恨名词

因为它们就像一把

锋利的大刀

把存在的涌动

和涌动的存在

砍成一截截

僵死的躯壳

用躯壳筑城的王国

是魔鬼之城

富丽堂皇

却充满阴阳怪气

梦里

名词从你的世界

被彻底消除

你欣喜若狂

很快　你陷入了
一片空旷和虚无
在漫无边际的大海中
你游啊游
却找不见一棵救命稻草
你开始感到呼吸困难
感觉快要被淹死了

"名词！名词！
"我的名词！"
你从噩梦中惊醒

醒来后的你大声叫道
不能取消名词
不能没有名词
赋予名词以生命吧
让名词活起来

你痛恨名词

却又离不开名词

因为没有了名词

你就无法再生存了

这是生命的内在矛盾呢

概念批判的批判

——回复J

概念是桥梁

将人们引入

一片漫无边际的海洋

有狭隘

有遮蔽

有欺骗

概念是平台

将人们带入

一片无垠的旷广

用概念武装自己

却沦为作茧自缚

难脱其身

你说都是因为

语言及其沟通

制造了太多的

歧义和误解

可是

语言留下的问题

得由语言自身来解决

不是吗

你给我一桶油

然后

点燃理论之柴棍

将这些概念统统烧尽

看还留下什么

那肯定不是动词

因为动词

不正是概念化

真正的祸端吗

是不是要

回归混沌状态

可那明明也是

死路一条啊

苦恼者的苦恼

忙碌的一天

焦躁的一天

忙碌和焦躁的交织

总是疲惫不堪

在黑夜的黑里

又一次陷入忧虑

夜夜如此

你问过自己

为何忧

为何虑

却总是没有答案

难道焦虑

真是自由造成的眩晕

可是

你的自由在哪里

你为何想哭

查拉图斯特拉的离去

在某一天的清晨醒来
尼采的查拉图斯特拉发现
时间已经断裂成
虚无和碎片
用真实和谎言编织的历史
被彻底肢解

在不远处
他发现
雄鹰和蛇成了
最要好的朋友
猎狗和狼
正在共舞
更远处
他看见每个人
都抱着万花筒
奔向坟墓

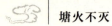

望着这一切

查拉图斯特拉惊呆了

一动不动

站了一整天

深夜里

他离开了他的居所

居住已久的森林

笛卡尔的眼泪

你说"我思"

已失去最后的堡垒

宣告陷落

你说主体已彻底瘫陷

陷入了一片汪洋大海

只剩下跳梁小丑们

一连串的虚假表演

和胡乱编造的谎言

你说世界

只剩下虚无

我们已经被自己扭曲

被虚无吞并

到处弥漫着浓浓的腐臭味

在大海的中央矗立着

科技理性和实用主义的神

笛卡尔注定有眼泪

移植仓杂想

静躺在这

小小仓室里

与外界隔绝

没有了时间

忘掉了世界

只留下一片静

一片舒然的静

从大玻璃窗眺望远方

我看见时间和生命

从窗外悄然流逝

不停留　抓不住

时间啊时间

请不要把我的呼吸

我的激情

我的爱

一并夺走

瞬间

你说时间

它只是个行走的影子

遗憾　焦虑　摇摆

被抛入世界中的你

懵懵懂懂

紧紧抱住那

行走的影子

不肯放手

因为你知道

它是你的全部

你说生命没有永恒

所以你只要瞬间

不要永恒

因为意义她

只驻瞬间

勇气

在这片土地上
活着成为活着
唯一的理由
忙碌　焦虑　浮躁
还有烦恼和无奈

在这片土地上
谁在糊里糊涂中
苟且偷安
谁欺骗了自己
谁敷衍了生活
只剩下这最简单
最便宜的人生

你说在一片
赤裸裸的大地上

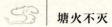
赤裸裸地行走

只有勇气

远远不够

最后的绿洲

你说我们是
被抛入世界的存在
我们来自无处
你说我们是
被丢弃的生命
我们将去向无方

你说这是一片沙漠
荒芜的沙漠
荒凉　惨淡
你说最后的一块绿洲
已被昨夜的狂风卷走

你已只剩下
最后一滴眼泪
一滴换不回
那块丢失的绿洲的泪

支点

你在内心深处

一直寻找一个支点

以托起生命的意义

每一次寻找

却都落得两手空空

在希望幻灭之后

只留下你一个人的摇摆

朝前——

是摇摇摆摆的方向

向后——

是恍恍惚惚的梦境

在谎言破灭之后

你说向前向后

其实差别不大

瞬间与永恒

时间总是无声无息地

从你身边悄悄流逝

从未停留

看不见　摸不着

想一把抓住流逝的瞬间

却总是只能抓住

时间脱落的躯壳

除了僵死的躯壳

什么也留不下

你说在这

抓不住的瞬间里

哪有什么永恒

如果有永恒

它肯定就驻在

这一个个的瞬间里

感恩

每个清晨

当我轻轻睁开双眼

我总是暗暗自喜

因为我还健在

我知道

有一天我将不再醒来

每当变得疲惫不堪

我总是对生活感激不尽

我知道

那是生命最忠实的表达

因为有一天

这里将不再有我的足迹

每当我找到那

隐藏在灵魂深处的诗词之时

我就会像孩子般兴高采烈

我知道

那是我对生命最真切的独白

归宿

清澈的溪水

是大山的血脉

歌唱的小鸟

是大树的声音

随风轻舞的小草

是大地的生命

天上的乌云

是大雨的归宿

斟满的酒杯

是友谊的归宿

美丽的诗篇

是我灵魂的归宿

英雄之死

你说英雄
彻底被玫瑰的香征服
他的佩刀
连同他的英勇
一并被花瓣给折碎

你说他太天真
不相信玫瑰有刺
你说他真愚蠢
不相信花香有毒

你说当他
从马背上摔下
掉进海里的那一刻
肯定悔恨交加
因为往返间
他忘了带鞭子

不合时宜

你为何总是在

不合时宜的时候出现

没有交集的漂浮

向左向右的方向

注定有错过和悔忆

你为何总是在

不合时宜的地方执着

犹如小孩追逐美丽彩虹

注定是短暂和眼泪

来去间

你来了
你带来了什么
谁留住了你
你留下了什么
一堆堆的焦虑
漫无边际的虚无

你要走
我不留
其实
我自己
如若执意要走
我也不留
漫无目的也罢

寻找希望

春天
种下一地的希望
让阳光普照
任雨水浇灌
期待

秋天
岂能收获
一地沮丧
空手而归
不甘

我在沮丧之地
寻找希望之光

告白

你想大醉一场
却找不到醉意
为此　你有不畅
走不进的心

你想表白自己
却找不到一个关键词
为此　你有未尽
扣不动的弦

谁能轻轻拂动你的琴弦
弹奏美丽的乐章
谁能悄然走进你的心灵
谱写灵魂的诗篇

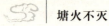

守候

微风一阵阵

轻轻吹拂

拂动一片美丽

还有一颗心灵

湖面静静

涟漪一圈一圈

荡出一湖的净

静静守候这片静

别搅动湖水的清

别打破湖面的静

曾经

有一股浮躁

将这湖水的静

搅成了一个地狱

白云颂

泉水汩汩

奔流山间

汇成一湖清澈的水

天空高高

只剩下一片蔚蓝

就像这湖水

只剩下一股清澈

蓝天　被倒映

不知是湖水　还是蓝天

湖面慢慢升起的一团云雾

在阳光下升腾

化作天边的一朵云

云朵的白

让人找不到形容的词

白云舒展在蓝天的怀里

静静躺眠

思念
——致××

对你的思念

就像泛滥的洪水

剪不断　理还乱

就让眼泪继续忧伤

就让脚步继续惆怅

我的孤寂

你听见了吗

我的思念

你看见了吗

你怎么那么狠心

这般绝情

草原一宿

今夜——

就让我在你的草原

静静地睡去

把能忘掉的

忘不掉的

都忘记

把能放下的

放不下的

都放下

不要歌唱

今夜

我只想在你的草原

静静睡去

距离与美

一路上

有风景如画

或者迫不及待地

投身其中

在手上的距离

在眼下的距离

自己被自己蒙蔽

美丽和距离一并消失

一路上

有风景如画

或者从远处眺望

模模糊糊的距离

隐隐约约的视线

模模糊糊

不再美丽

再美的风景

也打不动一颗冰冷的心

有一种美

叫距离

有一种距离

却不叫美

爱的距离

朝着山坳

呼一口气

我的山坳

花木丛生

生机勃然

你说你的山坳

早已百花争艳

绽放的玫瑰

在山风里孤独

在孤独中歌唱

你说我们间

隔了一座山

还有一个

颜色脱落的世纪

你说你的歌声

总被大风给吹散

你说在我们之间

有听不见的距离

有走不完的路途

Missing You①

You came to me

In my dreams only

So many times

I saw you

With long hair

And white-dressed, big-eyed

How beautiful you are

And so many times

You kept silent

How strongly I desired to

---

① 中文释义:《思念》
你总在梦里 / 与我相遇 / 你的长发 / 你的白裙 / 还有
你大大的眼睛 / 如此美丽 / 你总是沉默不语 / 想和你
聊聊天 / 想和你笑一笑 / 你却总是望着远方 / 不无焦
忧 / 很少微笑 / 你不会知道 / 我的思念有多深

To talk to you

To laugh with you

But you always look far away

With much anxiety

Little smile

You couldn't know

How much I miss you

一缕青烟

一棵松树被砍了
用劈成的柴块
为你编织一张床
一张高贵的床
一张神圣的床
然后点燃它
你——
化作一股青烟
袅袅升空

青烟在空中
铺成一条路
我看见
你沿路走去
你要去哪里
为何沉默

你可曾留念

你可曾悲伤

你要去哪里

为何不语

那是不是

通往天堂的路

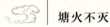

那双眼

那双眼——

在清澈中明亮

见证了多少酸甜和苦辣

历经了多少坎坷与曲折

遇见了多少欢声和笑语

横扫了多少丑陋和怪诞

一路上——

流淌了多少眼泪和汗水

在目睹了岁月的沧桑后

轻轻地闭上了

在错综复杂的幻觉中

轻轻地闭上了

这一闭——

屏蔽了所有阳光和风景

带走了所有悲欢和离合

却留下了多少思念和眼泪

思念

一个说变就变的世界

一种说走就走的速度

只留下——

翻山越岭的思

漂洋过海的念

留不住的昨天

放不下的忧伤

当思念

交织成一张网

剪不断

理更乱

思念是忧愁

被染了色的时空

思念是洪水

泛滥的洪水已成灾

忘不掉的昨天

掉不落的眼泪

如果再相见

会是一幅

怎样的图画

故乡的月①

今晚的月亮

我等了很久　很久

可惜这个夜晚

天空始终灰蒙蒙

月亮躲进云的背后

始终不肯出来

窗外鸣叫的蟋蟀

是否也在等待圆月

也失望了吧

遗憾之余

我想起了故乡的月

---

① 写于2019年中秋之夜，作者的故乡是有着"月城"之美誉的凉山西昌。

今晚　故乡的月亮

肯定很大　很圆

要是能在故乡的

某一个角落

静静赏月

那该有多好啊

故乡的月亮不特别

她只是很大　很圆

只是让我很思念

回家的路

你说时间
只是达不到自我的焦虑
你说空间
只是无法逃脱的牢笼

你说我们
可以什么都是
那又怎样
你说我们
却也什么都不是
那又怎样

你说这是一场戏
都是角色
看那群疯子
你说是的

都是疯子

月光下
你看见自己的魂魄
洒落一地
你说你想回家
却忘记了家的方向
和回家的路

消失的净土

你说我们

来自无处

也将去向无处

你说虚无——

那是我们

最后的家园和归宿

你说我们

来自无声

却落入一个

喧嚣不止的世界

你说在世界的喧嚣中

灵魂已经流离失所

无处栖居

因为净土已经消失

无家可归

一场大雨过后
从天上坠落的我们
如梦初醒
被狠狠摔碎在这片
光秃秃的大地上
只剩下贫瘠不堪

支离破碎的我们
被赤裸裸地暴露在
这片贫瘠之上
一切建构的努力
都只是自掘坟墓
自欺还欺人
我们注定无家可归

狂风中

站在荒漠的中央

任荒芜肆意席卷

周围只留下静

恐怖的静

来来往往的人群

我看见有人走近

有人走远

有些距离很近

却有隐约

或者被淡忘

有些距离很远

还近在咫尺

或者被蒙蔽

狂风来袭

谁扶我一把

拯救之路

你为何总是
用自我的膨胀
堵死自己
所有的视线和出路
就这样自我蒙蔽
不是愚蠢　还能是什么
你的智慧呢

是不是
自己被自己清理后的
那股真实而强大的
虚无
让你畏惧
不敢面对自己的骷髅
于是躲避自己
可是

躲避的任何努力

都是徒劳

是自取灭亡

别迷茫在自己的世界里

别身陷那一个个

诱人的陷阱

自掘坟墓

没有救世主

不要救世主

要么新生　要么死亡

你别无选择

友谊之歌

我们来自

土地的芳香

我们来自

大山的巍然

我们走过

城市小巷

古铜色的惬意

时间冲淡了

你杯中的茶

皱痕爬上了

我的额头

青春不再

却有记忆犹新

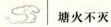

我不曾远离你

太阳见证

任时光荏苒

记忆永恒

斟一杯满酒

等你

我们的友谊
——致美国友人John Martin

在你那蓝蓝的眼睛里
总是那么多的思想和智慧
在你那时常微笑着的嘴边
总是那么多的勉励和祝福

那些日子
我们骑着车
穿梭在成都的大街小巷
时光里
总有那么多的欢声和笑语

十年的光阴
一生的记忆
我们都发现
国界、民族和肤色

都不能剥夺我们的友谊

好想告诉你
我最诚挚的朋友
虽然隔了千山和万水
我们的友谊长青

轻轻地问一句
你还好吗
我只能在远方
默默为你祈祷

错过的风景

苍穹之下
有不尽的青山和绿水
我们却视而不见
只留下一堆的忙碌和焦躁

或许是注定要错过这
一道道美丽的风景
因为精神和心灵
早被双双褫夺
不留一点点隙缝

谁要荣华富贵
谁要名声赫赫
谁错过了
这一道道
美丽的风景

一颗露珠

你说你一直在寻找
被你多年前丢失的
一颗露珠

汗水掉落大地
一滴又一滴
你说你掉落的汗珠
唤不回多年前丢失的
那颗露珠

你的泪水
洒落一地又一地
你在眼泪中
苦苦寻找那颗
丢失的露珠

一路寻找

你在风雨里

曾无数次地丢掉自己

所以一路走来

一路寻找

在风雨中丢失的自己

为何却只有

自己的碎片

你到底拣回了多少

自己的碎片

永远有多远

你说你不要永远

一生有多长

你说不要不老

你说你的寻找还得继续

风雨里

我看见了

你的执着和美丽

前后

在这条路上

不断前进

却发现自己

一再回到原点

于是你开始后退

却也发现

一再回到

同一个原点

你说向前向后

其实差别不大

匆匆

走一走
看一看
岁月已去
来不及叹息

哭一哭
笑一笑
我们就老了
来不及年轻

怕来不及

大雨过后

我怕错过

错过一道彩虹

一边是你

一边是我

你是我的一首歌

遇见你

我怕来不及

来不及给你谱曲

来不及为你歌唱

醉翁意

插上一双翅膀
自由地飞翔
在风前　在雨后
看阳光普照万物
看春雨滋润寸土

携上强健的双腿
走南又闯北
目睹移风易俗
耳闻南腔北调
体验风土人情

人间冷暖知多少
世间纷争何其多
谁与我共醉

夜深人未静

心情在高涨

忘了所有

没有醉意

酒杯在豪放

忘了时间

没有今天

眼神在犹豫

忘了路途

丢了自己

手在颤抖

忘了自我

没有明天

城市在喧嚣

忘了黑夜

没有宁静

眼泪在滴落

忘了欢笑

为谁忧伤

流离失所

天黑了

你为何还在

浩瀚的大海里

流离失所

你的家呢

你有家吗

你是不是

还在寻找

你的神灯

看那天空

乌云密布

正在弹奏出

暴风雨来临前的乐章

回去吧

可是你的家呢

你有家吗

尽头处

那片茫茫的旷野林

没有现成的路

你披荆又轧棘

只为开辟一条

通往明天的路

你的汗水洒落在

时间的每一个隙缝里

你来到了这座

灯火通明的城市

沸腾背后的僵死

截断了意义的延绵

道路四通八达

却没有一条

真正的路

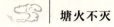

你说这地方

明明不是

你想要来的地方

修行

你说你与自己

不是毫无距离

完全被自己吞没

就是无比遥远

把自己抛弃

被众人淹没

你说这是

跟自己较量的一生

注定在修行的路上

不断迂回

不断挣扎

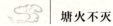

牦牛山①行记

在群山间驰骋

不知不觉中

来到了牦牛山

这里的山

是大地的乳房

丰韵　突兀

散发出生命的气息

这里的水

是大山的乳汁

香甜　可口

哺育着一代又一代人

---

① 西昌市境内的一座山。

眼前的山峰

为谁披上了

一件洁白而美丽的婚纱呢

雅砻江一瞥

驰骋于葱葱郁郁的群山间

下午的太阳

被乌云的碎片包围

正在努力驱散乌云

照射出耀眼的光芒

从车窗望去

在乌云的碎片里

回味太阳往日的光辉和灿烂

在雅砻江畔

有一位老人

从马路旁缓缓走过

手里的烟斗正冒着烟

望着慈祥的老人

在他那黝深的皱纹间

聆听他昨日的骁勇

和今日的沧桑

牧羊人的焦虑

落山的太阳
照射在高山上
丛林间
牧羊人行走在
山间小道上

夕阳照映着牧羊人的脸
满脸的皱纹
是岁月烙下的印
踌躇的目光里
充满忧虑

因为牧羊人
丢失了羊群
因为牧羊人

找不见丢失的羊群

因为牧羊人

从未丢失过这么多羊

捡拾自己

高山峡谷

连绵群山

不再能守护

你浮躁的灵魂

大江小溪

林间小道

不再有你的足迹

你已洒落一地

却又无处安身

你在迷茫中

寻找丢失的自己

你在虚无里

捡拾自己的碎片

零星的碎片

无踪影

阳光普照

不为谁

大地很温暖

雨滴掉落

不为谁

万物在生长

你来了

不为谁

你走了

也不为谁

来无影

去无踪

噩耗

一群大雁

从远方飞来

飞过我头顶

带给我一个噩耗——

你已永久地睡去

不再醒来

有悲伤

有遗憾

那哭声和眼泪中

饱含敬重和怀念

我看见远处

有位两鬓斑白的老人

正坐在门口痛哭

因为老人刚听闻噩耗

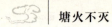

你静静地走了

却留下多少痛苦和眼泪

你用一生

在这片土地上

刻上了你的名字

留不住你

——致被白血病带走的小女孩

你的消瘦

你的黝黑

你的幼小

你的可爱

你说出仓后

要吃冰激凌

可惜

在人与魔的争斗中

人战败

所以你走了

去吧

要漂漂亮亮

据说你去的地方

没有病痛

没有白血病

去吧

要干干脆脆

别回头

你的归去

——致我逝去的阿普①

我见过他们

向远方走去

不停留

不回头

今天

你也要走了

既然这么多的

眼泪和思念

都不能挽留

那就去吧

带上你的慈祥

和你那

充满智慧的烟斗

---

① "阿普"是彝语音译，意为爷爷。

你将和他们一道

走向远方

你们要去的那个远方

到底有多远

不是铁石心肠

却为何留下

这么多的

思念和眼泪

我们的哭声

我们的悲伤

你听见了吗

为何沉默不语

悼念
——致麦吉布都①

你像高照的太阳

温暖着大小凉山

每一个

最贫寒的角落

放飞了多少梦想

你像展翅的雄鹰

翱翔在蓝天之下

群山之上

今天　你走了

在这个不是时候的时候

---

① 麦吉布都：四川省凉山州一名杰出的民族教育工作
者，因病早逝。

你走了

可你的名字

已被深深铭刻在

这片群山连绵的土地上

将被世代流传　歌颂

青春无价
——至灭火小英雄们①

火焰的吞噬

如此迅猛

你来不及喘息

是的

人终有一死

可是

这青涩的年纪

不合时宜

不合时宜

你们用宝贵的青春和生命

---

① 2019年3月30日，四川省凉山州木里县发生森林火灾，有27位年轻的消防员在灭火过程中英勇牺牲。

守卫这片土地

这片深林

你们的英勇

承载着祖国的未来

和民族的希望

此时此刻

英雄一词

变得如此沉重

就让眼泪

和这巍峨的大山

铭记你们的名字吧

为你照亮远方①

今日的天空

很高　很静

又一棵松树被砍倒②

因为你已归去

你的幽默

你的玩世不恭

你是奶奶心中

永远长不大的孩子

你提前走了

跟随一股青烟

袅袅远去

---

① 悼念我因病早逝的叔叔。

② 彝族人去世，要砍一棵树，用以火葬。

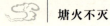

今夜

我在远方

点燃一根蜡烛

为你照亮远方

一路走好

致勇者

独步于思想的崖边
那是铤而走险的英勇
挣扎和眼泪
在所难免

你说越不过自我的挣扎
注定于事无补
你说自欺欺人的编造
终归一败涂地

是的
你是思想的英雄
你的勇敢
令人咋舌

寻找自己

走遍城市里

每一条熟悉的街

我在寻找

遗失在大街小巷的自己

走遍大山里的

每一条小路

我在寻找

洒落在大山里的自己

苦苦追忆每个梦境

我在寻找

流离于梦中的自己

夕阳西下

一阵大风吹来

西边云彩的美丽

慢慢散去

我的寻找还得继续

雪花颂

那一片一片飘落的
不是鹅毛
没有一缕风
雪花一片一片
我看见两名小男孩
正在兴高采烈地
追逐着飘落的雪花

雪　下了一整夜
白了一整夜
清晨的世界
只剩下一片白茫茫
一望无际的白

你的孤独

——致××

你在灯红酒绿中
寻找自己
你在酒醉后的狂野里
撕碎自己

你总在女人间漂浮
寻找那最后的一寸静谧
以抚慰你那孤独的灵魂

谁能了解你无处倾诉的孤独
谁能抚慰你漂浮不定的灵魂

你的深度

你恍惚的眼神

手握红酒高杯

高谈你的深度

听众围聚

干一杯

继续阔论你的深度

你不时强烈责备

责备我的肤浅

不配理解你的深度

我沉默

我清楚

我不配跟你对话

当世界变成一块平地

深度已经拒绝出场

你会发现

其实，深度什么都不是

深度如是说

谁叫你诅咒大地

你对着脚下的大地

不停诅咒　不停诅咒

被咒语阻断的路

化作你眼中的迷茫

和走近的阴暗

向你招手不停

谁叫你诅咒大地

傍晚——

老鸦在枯木梢

一声接一声

凄凉　黯淡

你的脚下

只剩下贫瘠和恐怖

谁叫你诅咒大地

生死未卜

一呼一吸

那是生命的音符

所以我没死

所以我还活着

可是

我明明早被淹没在

漫无边际的大海深处

早因窒息而亡呀

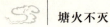

乞丐记

我认得你

你不是那乞丐么

今天，你从哪里来

你要去哪里

你的道具呢

为什么不带上

你的旧颜

何时换了新貌

染过的头发

剃光的胡须

一身美丽的新装

变化不少

可我认得你

你就是那乞丐

那不折不扣的乞丐

茅草屋之夜

今夜

我躺在这茅草屋里

头顶上

压着乌云密布的天空

夜空　在雷雨交加中轰鸣

我什么都听不见

窗外人来人往

为何都沉默不语

今夜的寒冷

含有几分寂静

和一份莫名的忧伤

拭去眼泪

还是眼泪

今夜　我止不住眼泪

与自己的距离

你深深地感到

这是被定固的一生

被时间和空间双双定固

世界再宽广那又怎样

远方再美好那又怎样

你能拥有的就只有

当下这一刻

和脚下这一地

为此　你很是苦恼

谁叫你离自己那么近

自己将自己围困

你怎么可能还看得见远方呢

你不是应该与自己

保持一定的距离吗

你的距离呢

沉默的意义

沉默——

那可是这个世界

最本真的语言

需要静静聆听

别急　别急

别剥夺了语言的自主

自决和自足

语言将自行言说

勿躁　勿躁

别让耳朵被嘴给堵住

别让语词跑到时间的前面

或者落在时间的后面

都不合时宜

沉默　沉默

让语言自行言说

看那些

被时间和语言抛弃的跳梁小丑

还在沾沾自喜什么呢

时光里

迷迷糊糊的一路
摇摇晃晃的方向
你漂泊的灵魂
你犹豫的眼神
你孤独的身影
还在昨日的光阴里
迷茫和徘徊

眼睁睁看着时间
在你眼前节节腐烂
多出的几缕白发
和几条皱纹
那是岁月的烙印
留不住的今天
回不去的昨天

河在流

时间是一条

静静的河流

缓缓前行

从不停留

你紊乱的脚步

时而跑到前面

时而落在后面

河流缓缓前行

从未改变的速度

可你不是埋怨太慢

就是责怪太快

在缓缓河流中

你丢了冷静

乱了节奏

你的焦急

你的浮躁

拒绝了河边的风光

和美丽

初秋

今日的阳光

温和而娴静

搀扶着我的步履

抚慰着我的心灵

蝉鸣声

鸟叫声

缠绕着树木的葱郁

散发出花草的芬芳

回到房间

敞开窗户

让阳光和初秋入驻

窗外有树叶

在阳光下

在秋风里

轻轻摇曳

摆娜出秋的姿态

美美的

凉凉的

栖息

头上是天空　蔚蓝

脚下是大地　深情

悬浮的白云

横溢着圣洁

微风清清

吹出云的白

远离尘嚣的宁静

拥抱一片圣洁

步履轻轻

释怀的酣畅

有生命的气息

沉甸甸的

蛙语

细雨绵绵

随风润浸万物

无声

却有毒

舒适与温柔

填满时间和空间的

每一个细缝

以最暧昧的姿态

肆意抹杀

意志的力量

直至瘫痪

时间的力量

时间是一把

无比锋利的刀

轮铡万物

却不留痕迹

时间是一副

包治百病的药

能愈合所有的伤痛

却不无沉淀

别急别急

时间会夺走一切

时间将忘记所有

池塘①边的春天

坐在校园里

池塘边的大树下

阳光明媚

凉风一阵又一阵

池塘里

波光粼粼

孩子们拿着渔网

在池塘边热闹

追逐着池塘边的春色

鸣叫的小鸟

增添了几分春意

①　四川大学望江校区里荷花池。

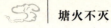

望着池塘边的人来人往

我看见时间和生命

在悄悄溜走

人们却视而不见

校门①侧记

昨夜的露珠

还在树叶上沉睡

清晨的雾团

在空中摇曳

走出校门

站在一环路南四段旁

看着这座城市

开始慢慢蠕动

进入沸腾

身后的校门

更加雄伟

格外壮观

---

① 西南民族大学武侯校区大门。

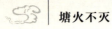

有多少鲜花

在这里绽放

有多少梦想

从这里腾飞